童年一定要做的 N 件事

管家琪◎文　曹俊彥◎圖

這是一本什麼樣的書？

親愛的小朋友，你好嗎？

我是管阿姨。

每次我去演講，或是帶小朋友的閱讀寫作營的時候，主辦單位都在小朋友面前稱呼我是管老師，其實我比較喜歡小朋友叫我「管阿姨」，我覺得「管阿姨」聽起來比較親切。

雖然我現在已經是一大把年紀啦，但我也是從一個小朋友慢慢長大的，一直到現在我還是很喜歡和小朋友在一起，特別是在一起聊天。

所謂「聊天」，通常是指彼此（就兩個朋友），或是大家（三五好友）在一起

閒聊，有的時候話題比較集中（比方說大家一起熱烈討論一部剛剛上映的電影），有的時候話題則是跳來跳去，一會兒講南極，一會兒又講北極，重要的是「喜歡在一起聊天」就意味著是「喜歡在一起共度一段時光」。

　　我喜歡說「共度」一段時光，而不喜歡說「消磨」一段時光，因為我覺得「消磨」聽起來好像有一種要「打發時間」、「殺時間」的感覺，而「共度」聽起來有

一種享受的感覺。小朋友，你們現在還小，你們會慢慢認識和學習到很多詞彙，請慢慢體會，留心體會，很多詞彙就算表面上看起來好像意思都差不多，但裡頭的含意以及給人的感覺都是不一樣的。

這本書，就是管阿姨想和小朋友們閒聊的一些話。雖然這樣讀起來有一點像是管阿姨在自說自話，可是，如果你在看了之後，也有些感覺，甚至也想跟管阿姨說一點什麼，那就不是管阿姨在自說自話了。

歡迎小朋友寫信給我，用郵寄或是寫e-mail都可以。我向來最喜歡和小朋友通信。

如果是郵寄，可以寫到10045台北市重慶南路一段66-1號3樓幼獅公司編輯

部，請編輯阿姨轉交給我，如果是寫e-mail，

直接寫到我的郵箱就可以了。

我的郵箱是：guanjiaqi0708@gmail.com

我話我畫

　　看到《童年一定要做的N件事》這樣的書名，很直接的感覺到這是作者整理自己的生活體驗，建議小讀者在童年就及早為自己的未來生活能力和態度做準備，是一本充滿愛的叮嚀的散文。

　　有點嚴肅的題材，如果也用嚴肅畫風的插圖來點綴它、表現它，可能比較搭調，但是也可能會顯得枯燥。還好，第一篇作者就以自己的綽號調侃自己，帶出輕鬆的閱讀氣氛，也讓我有理由以帶有漫畫趣味且輕鬆的風格來為這本書的插圖定調。

繪者小檔案

1941年生於台北大稻埕。台北師範藝術科畢業。曾任小學美術教師、廣告公司
美術設計、教育廳兒童讀物編輯小組美術編輯、信誼基金出版社總編輯、童馨
園出版社與何嘉仁文教出版社顧問、小學課本編輯委員、信誼幼兒文學獎等評
審,以及《親親自然》雜誌企畫編輯顧問。插畫、漫畫及圖畫書作品散見各報
章雜誌,近期著力於圖畫書之推廣,特別關心國人作品之推介。

　　不過,並不是每一篇文章都能夠「漫畫化」,有些說的是一種想法,一種觀念,
如〈找到自己的座右銘〉這一篇文中並沒有具體可供作畫的事件,畫圖者只好自作
主張的以海中孤帆的畫面來表達「盡人事,聽人命」的意含。類似的情形讀者可能
要打開「看畫的心眼」來體會與欣賞,也希望作者和讀者都能容忍我的自作主張。

【 目 錄 】

有很多人都問過我，「管家琪」是不是我的筆名？大概是覺得這個名字太「幽默」了吧。（很容易讓人聯想到「管家婆」，不是嗎？）

這是我的本名。我和哥哥弟弟都是以「家」這個字來排行。

小時候，由於爸爸的工作經常調動，我經常做轉學生，小學六年一共念了三個學校才總算念完了。每次剛剛來到一個新環境的時候，情況都幾乎一樣。老師領著我來到班上，讓我站在講台上，面對全班同學，向同學們宣布「今天我們來了一個新同學——」，然後在黑板上開始寫我的名字。老師寫「管」這個字的時候，同學們都還沒有什麼反應，可是一寫到「家」，全班小朋友都立刻爆笑出來，有的小朋友還會忍不住的大聲嚷嚷著：「管家婆！管家婆！」

是的，「管家婆」，這就是一直跟著我的綽號。雖然我很不喜歡這個綽號，但是沒辦法，我的名字實在太容易讓人產生這個聯想了。

　　小時候我覺得這個綽號真的是難聽死了，感覺上真是全天下最難聽的一個綽號，好像只比哥哥弟弟的綽號要稍微好那麼一點點；他們倆的綽號都叫作「管家公」。

　　等到我們後來都上了大學以後，同學們不約而同給我們的綽號都叫作「管家」。當時，如果有同學打電話來家裡，只要一說「請問『管家』在不在？」只要是我爸媽接的，他們都會說：「我們家有三個『管家』，你要找哪一個？」

　　「管家」這個綽號，我同樣很不喜歡，因為感覺上實在是太婆婆

媽媽了啦！人家我可是向來都是以一個大俠自居哩，一個大俠怎麼會有這麼一個聽起來就很拖拖拉拉、囉哩囉唆，總之就是一點也不厲害的綽號？實在是太討厭了啦。

可是，好奇怪，等到我後來大學畢業了，開始做事了，年紀愈來愈大了，現在一聽到有人叫我「管家」，感覺就完全不一樣了。首先，一點也不討厭了，其次，還會覺得有一種特別的感覺，因為，只有大學階段的朋友才會這麼叫我；也就是說，這個綽號有我大學時代的記憶。

有一個小朋友跟我說，他好討厭同學們給他取的綽號，我跟他說，其實有綽號不見得是壞事，等你們將來長大，很多同學的名字都

會自然而然的慢慢淡忘，但是，綽號反而不容易忘；有了綽號，其實是代表了別人都會比較容易記住你。

　　不過，當我們在給同學取綽號的時候一定要特別小心，不要讓那些被取綽號的人難過。曾經就有一個小朋友告訴過我，當他開始發胖並且被同學叫成「肥豬」的時候，他才想到以前他也叫過人家「豬八戒」，這時候他才忽然意識到當時那位同學一定也是很不舒服吧。

你有沒有撒過謊？

如果你說沒有，那你一定是騙人的。

每個人多多少少都曾經撒過謊，通常都是因為害怕，謊話就那麼輕而易舉的脫口而出，譬如爸爸媽媽不准你做某一件事，你做了，稍後當爸爸媽媽一問起來，你很自然的就會說「沒有沒有」。

有的時候是為了不想讓某一個你在意的人不開心，譬如媽媽指著一個胖胖的路人甲問你：「是她胖還是我胖？」雖然你明明覺得看起來好像差不多，但是你知道「差不多」不會是媽媽想要聽到的答案，為了讓媽媽高興，你就說：「當然是她胖！」

像這樣因為不想讓別人難過而撒的謊，還有一個名稱，叫作「白

色小謊」。為什麼會是白色？我猜大概是因為白色象徵純潔，正好用

來表示這樣的謊言是出於良善的心意吧。

大家都聽過「放羊的孩子」這個故事，大家也都知道這個故事是在告訴小朋友們不可以撒謊，否則很可能會導致可怕的後果。但是，在我們的生活當中，撒謊其實是難免的，撒謊也不是罪大惡極。不過，我們往往一開始是因為害怕而撒謊，可是在撒了謊之後，卻總是會更害怕，害怕什麼呢？害怕謊言馬上就要被拆穿，然後擔心接下來會受到更嚴重的處罰，那個心理壓力真的是超乎想像的。小朋友，請你記住那個感覺，你就會慢慢體會到為什麼會有「誠實是最好的辦法」這句話了。

　　因為，說實話往往反而會更輕鬆。

找個機會
大吃一頓看看

小朋友，你一定有一些特別喜歡的食物吧？如果要問我，我最喜歡吃的食物是什麼？我第一個答案是蝦子，其次是雞蛋。如果是零食，我最愛吃的就是豆腐乾。

老實說，這三種食物我都曾經有過「看到之後，不顧一切大吃一頓」的經驗，結果──真是讓人覺得好意外啊，明明都是那麼好吃的食物，而且明明都是我那麼愛吃的食物，結果呢，當我在毫無限制、可以大吃特吃、同時我也的確是大吃特吃了以後，我會覺得──奇怪，怎麼沒那麼好吃了？儘管還不至於是到快要「吃到吐」的程度，但至少是真的一口也不想再吃了。

有一句話，叫作「物少滋味多」，這時我總算能夠體會了。

所以後來有好一陣子我對那種「吃到飽」的餐廳真的是有點倒胃口；光是一想到「吃到飽」這三個字，就已經覺得胃的負擔好重。

　　後來，儘管我不會太排斥去「吃到飽」的餐廳就餐，但是至少在去了以後也不會再那麼激動啦；冷盤、沙拉、熱食、麵食、燒烤、牛排、甜點、各式各樣的飲料……哎，一眼望過去，就算面前有那麼多好吃的東西可以任你大吃特吃又怎麼樣？根本沒有那麼大的胃呀！更何況，如果真的吃到飽、吃到很飽、吃到超飽，到最後通常也只剩下「好飽」、「好撐」、「快炸了」等這些感覺，這對於健康、以及對於美食的品味，都沒有什麼好處。

　　所以，就算是滿坑滿谷的美食呈現在你的眼前，你也還是要經過

過濾，經過挑選，選擇自己真的很喜歡的食物然後再適量的拿一點。所謂「自制力」，從這個地方就可以得到訓練。

不過，如果是好幾個朋友一起聚餐，我還是不贊成去這種可以吃到飽的自助餐餐廳，因為在整個就餐期間，大家不免跑來跑去的拿東西，忙得要命，還心不在焉，老是在注意有沒有什麼好吃的剛剛被端出來，根本就顧不上講話了啦。

學會騎腳踏車

我在上國中以前，因為家裡距離學校都很近，所以都是用走路上學。小學高年級時念的台東師專附小甚至跟我家只隔一條馬路，學校喇叭裡一廣播什麼事情，在我家都可以聽得一清二楚。

　　小學畢業以後，我記得原本我是要念台東市的新生國中，沒想到和小學同學們去看完國一分班的那一天，一回到家就聽媽媽說，爸爸的工作又調動了，我們馬上要搬到嘉義去。

　　相對於台東市來說，嘉義市真是一個大城市。剛剛搬到嘉義的那年暑假，有三件大事。第一，我們家有了彩色電視；第二，我看完了瓊瑤全部的小說，我看的速度很快，快到讓租書店的老闆都好像有一點不安，有一天還問我：「小妹妹，妳知道這裡面寫的都是假的

吧？」（真是好心的老闆！）；第三，我學會了騎腳踏車。

接下來，在嘉義國中三年，再加上嘉義女中一年多，我都是騎腳踏車上下學。（難得爸爸在那段期間居然四年多都沒有調動。）

大家都說，學騎腳踏車一定會摔跤的，但是摔個幾次以後就會了。我就是這樣。幸好記憶中只摔了頂多三次吧，至今右小腿上還有一塊疤，就是當年學騎腳踏車所留下的紀念。

在我高二上學期離開嘉義以後，就不曾再騎腳踏車上學了。可是在十幾年以後，當我去美國玩，在西岸柏克萊大學，表弟問我會不會騎腳踏車，我馬上就說會，然後真的一騎就騎走了。我高興得要命。之前就曾經聽人家說，腳踏車只要學會了以後，就永遠也忘不掉的，

隨時都能一騎就走，原來是真的。

　　騎著腳踏車逛來逛去，那種自由自在的感覺啊，實在是太棒了。

　　聽說小孩子學騎腳踏車，領悟力要比大人強得多，意思是說，小孩子學騎腳踏車總是很快就能學會，所以，一定要趁早學啊。

學會自己玩

大人幾乎都會說，小孩子要合群，要懂得和其他的小朋友一起分享玩具，要能夠和其他的小朋友一起玩……是啊，合群確實滿重要的，畢竟人類本來就是社會性的動物，不過，要能夠一個人待著，不覺得無聊，不覺得悶，不會一個人就不知道該怎麼辦，這個其實也很重要。

　　想想看，我們每一個人來到這個世界上的時候都是一個人啊，就算是雙胞胎、三胞胎、四胞胎，也分得出老大、老二、老三和老四，他們也是一個一個來到這個世界的，所以老大會比老二大個幾分鐘，老二又會比老三大個幾分鐘…

　　人生有很多很多時刻，我們都只能自己一個人去面對。比方說，

不管你有多害怕去看牙醫，一旦牙齒生病，你還是只能獨自乖乖躺在就診椅上，張大你的嘴巴。

我想說的是，合群固然很重要，但是能夠有一種獨立性也很重要，我覺得甚至可能還更重要。

什麼叫作「獨立性」？就從「能夠自己一個人玩」開始吧。你不妨想想看，當你一個人的時候，你都會做些什麼？如果你只是不斷的在看電視或打電動，那就不大妙，這些東西總有膩的時候，等到那個時候你的心裡就會空空的，這種感覺就叫作「空虛」。

如果能夠培養一點健康的嗜好，特別是當你自己一個人的時候也可以進行的嗜好，比方說看看書、聽聽音樂、畫畫圖、跑跑步，當你

一個人的時候，你就不會只是看電視和打電動，你也不會甘心於只是看電視和打電動，因為明明還有其他很多好玩的事情可以做啊。

「合群」和「獨立」並不衝突。喜歡朋友是一回事，如果身邊沒有朋友就覺得無聊得要命那又是一回事。真正的好朋友在一起時，是彼此都能享受在一起共處的時光，而不是只是因為無聊而湊在一起殺時間而已。

趁早找到
自己的興趣

不久前，離我們家不遠有一家溜冰場開張，小兒子很有興趣，有一天，我們一起去逛完書店買了書以後就特別跑到那個溜冰場去，他進去玩，我呢就在旁邊的咖啡座喝咖啡，看著不會溜冰、頭一回穿上冰鞋的小兒子，在教練的指導之下，像隻企鵝似的在冰上來回「掙扎」，那個模樣真的好可愛。

說真的，當時我也好想進去玩哦，但是呢我馬上就想到——哎，鎮定，鎮定！別開玩笑了，我現在已經是53不是23啦，要是我年輕個三十歲，那我一定會馬上也跑進去玩！但是現在——實在不得不多考慮一下了。

就算我在心態上還沒覺得自己是老人家，但生理畢竟還是會不時

提醒我自己確實已經不年輕了，再加上我平常又沒有運動的好習慣，想到半年前不小心在下公車的時候摔了一跤，趴在站台上半天起不來的狼狽，回想起來都還是心有餘悸，所以不免會想到萬一我在冰上摔跤，那可不得了⋯⋯

想到這裡，我忽然想起其實在三十幾年前當我還在念大學的時候，確實跟同學們去溜冰場玩過的，記得當時好像真的是滿好玩的。可惜，那是我唯一一次去溜冰場。

想來多半還是因為我從小就不愛運動、沒有把運動及早培養成是一項嗜好的關係，所以就算偶爾碰到運動方面的活動，就像溜冰啦、打排球啦、騎馬啦、划橡皮艇啦，儘管在當下我也覺得很好玩、很有

意思，可是過了也就過了，也不會再刻意安排出時間和機會再來從事同樣的活動。在我認識的朋友中，有好多人雖然以年紀來看也算是中老年人了，但是因為從小、至少是從年輕的時候就開始有運動的習慣，能夠把某一項運動譬如打球、或是長跑、或是爬山、或是健行等當成是自己的嗜好，所以儘管時間一天一天的過去，年紀慢慢自然而然的在增加，但是當他們現在仍然在做這些活動的時候就還是挺自然的。

　　講了這麼多，意思是，嗜好真的是要及早培養。在童年時期，如果能夠培養出一項屬於自己的真正的嗜好，對於一個人能夠身心健康的成長，並且在長大成人以後還能過著身心健康的生活，不至於沾染上

一些惡習，或是受到一些不好的事情的引誘，真的會有很大的幫助。

　　回顧我自己，雖然我沒有在童年時期培養出一項運動方面的嗜好（這個有時候往往也跟一個人的秉性有關，也是勉強不來的呀，就連小嬰兒都還會有所謂的「嬰兒氣質」呢），但是幸好我在童年時期培養了閱讀這個嗜好，所以一直到現在，哪怕有一點零碎的時間，特別是在機場、火車站、汽車站等候的時候，只要手邊有書，我隨時就能靜下心來進入到書中的世界去。活了大半輩子，我的精神生活也就因為閱讀這個從小培養的嗜好而得以充實和豐富。

盡情玩
你的興趣

有時候我會想，是不是因為「作家」的門檻給人的感覺上好像比較低，畢竟在這個網路時代，是一個「人人都是作者」的時代，只要你想要發表，開一個部落格就行了，不必像以前那樣非要投稿到報章雜誌，然後再天天盼著能夠被登出來；不過，話說回來，像以前那種看到自己的作品居然能夠變成鉛字的巨大喜悅以及成就感，也是現在很多作者所無法體會的。現在很多人（這其中有大朋友也有小朋友）只要是喜歡寫寫東西好像就不免會開始立志想要當作家，而如果是發表過作品的那就更不得了了。我也接過不少小朋友和少年朋友的來信，詢問該怎麼樣跟出版社聯繫？該怎麼樣才能出書？總之，不管是基於什麼樣的理由，感覺總是有一點著急。

我總是先請這些文藝兒童以及文藝少年回想一下，當你發現自己很喜歡作文的時候，當時心裡一定是很快樂的吧？而且那樣的快樂一定是很輕鬆的，那是一種真正的快樂，可是如果一旦開始熱切尋求外在的肯定，那份源於對文字的熱愛就會開始摻入了雜質，與此同時就會開始感受到了焦慮。

　　為什麼會這樣呢？因為，所謂興趣還是應該愈純粹愈好；任何興趣，一旦摻進了太強的功利心，就會變得沒那麼好玩了。很多大人物，後來之所以能夠成為大人物，往往都是因為在很長很長的一段時間之內，他們對於自己所做的事情都是抱持著一份單純的熱愛，並沒有想到這份興趣能夠為自己帶來多大的利益，而且後來即使是正式上

路，以此來開始發展事業，也還是能夠始終樂在工作。

　　我可以給大家舉一大堆各行各業這樣的例子，現在就只舉一個寫作這一行的例子吧。英國女作家J‧K‧羅琳在寫《哈利波特》系列第一本的時候，是在她人生的低谷，多虧寫作，才能夠讓她的身心得到安頓，而在寫哈利波特的故事之前，其實她從小就是一個文藝兒童，後來是文藝少女，其實她寫過很多很多的作品，但一直都只當成是一份課餘之暇的興趣，只不過是寫著好玩，寫好了就放在抽屜裡，從來不曾追求發表。

　　我總覺得，熱愛文字的人是有福的，特別是喜歡用文字來記錄整理自己的心情以及成長的人真的是好幸運，請時時提醒自己保留最初

那份單純的對文字、對文學的熱愛吧，不要有太強的功利心。

　　小朋友，你現在年紀還小，如果已經找到了自己的興趣，那是非常幸運、非常難得的，請你就抱持著一種遊戲般的心情和態度，好好的玩、盡情的玩吧，不要想太多，也不用想太多。

念報紙和講故事

　　語文想要學得好，一定要經常把一些文章能夠大聲的念出來，從

念的過程中體會到一種文字的節奏，只要在這方面的美感有所體會，

自然就能激發出我們學習語文的熱情，而語文又是一切學科的基礎啊，語文實在是太重要了。

　　除了念念課文、念念散文，有時為老人家念念報紙也是一種不錯的鍛鍊。

　　同時，也別忘了替小弟弟、小妹妹們講講故事，不一定是要講從書裡看過的故事，講你自己編的故事也很好，這或許還能人大的刺激你的聯想力和想像力呢。

　　此外，從這些活動中也很可以感受到一種為人服務，以及有能力關愛別人的快樂。

收集小東西

　　我本來是不大收集東西的，但是我有好多印有哆啦A夢圖案的東西，譬如手帕、毛巾、背包、提袋、筆筒、鉛筆盒、便條紙、筆記本、音樂盒、鬧鐘、相框、手錶、手機吊飾、短褲、襪子、靠枕、拖鞋等等，當然也有哆啦A夢的布偶和娃娃，這是因為我從很早以前就

開始收集哆啦A夢的漫畫，那個時候他還叫作「小叮噹」，朋友們都知道我是一個資深小叮噹迷，因此一看到有小叮噹圖案的東西就會想到我，然後往往就會好心買了送給我。我感覺有一個喜歡的東西真是太棒啦。

《小叮噹》漫畫也是我兩個兒子東東和丁丁的啟蒙讀物。在他們還很小、還不識字的時候，我就會念《小叮噹》漫畫給他們聽，我還特別喜歡用誇張的語調來念那些「哇」、「啊」、「什麼」、「救命」之類的台詞，製造音效，每回東東丁丁都聽得興高采烈，我自己也覺得很好玩。

當年大兒子東東剛上小學沒多久，有一天，帶同學回家來玩，同

學看到我們家書架上有一大排《小叮噹》的漫畫，羨慕得不得了，拉著東東說：「哇，你媽媽好好哦，都給你買那麼多的漫畫！」這時，東東就說：「不是啦，這些都是我媽媽的，不過她會借給我看。」

　　之前我好像沒有特別收集過什麼，可是我覺得收集《小叮噹》漫畫實在好棒。一方面，由於我們母子三個都把《小叮噹》看得滾瓜爛熟，《小叮噹》成了我們共同的生活典故，另一方面，現在再看看那些老版本的《小叮噹》，當時的許多記憶都會立刻很鮮明的從腦海中跳出來。這大概就是收集的樂趣吧。

　　我忽然想起在小的時候，其實我也曾經短暫收集過一陣子的紙娃娃。真可惜後來都沒能保留下來。

有一個成語，叫作「僧多粥少」，什麼意思呢？就是說，和尚很多，但是稀飯不夠（「粥」就是稀飯），那怎麼辦呢？結果自然就是有一些和尚會吃不到，只能餓肚子。不管參加任何比賽，永遠都是一件僧多粥少的事，因為不管是什麼比賽，永遠都是獎項要比參加的人數少得多呀！你看過有什麼比賽是人人有獎，或是參加人數比主辦單位要頒發的獎項還要少的嗎？而愈是權威的比賽，就總是所頒發的獎項很少很少，而參加的人卻很多很多。

　　可是管阿姨覺得只要有機會參加什麼比賽，還是不要輕易放棄，還是不妨就去參加看看；儘管參加的結果，你很可能會是那個吃不到稀飯的和尚。

為什麼呢？首先，參加比賽可以讓我們體會到什麼叫作「人外有人，天外有天」，優秀、厲害的人實在是太多太多啦，如果動不動就覺得自己很厲害實在是很可笑的。其次，參加任何比賽，幾乎都會緊張的，特別是在快要輪到你上場的時候，這對於我們鍛鍊自己承受壓力的能力，以及臨場反應，都會有很大的幫助。

參加比賽，只要在比賽前盡力準備，抱持著一種前去觀摩和欣賞的心情就好，能不能得獎並不是最重要的事。這也可以說就是「志在參與」吧，就算沒有得獎，你也一定會有很多無形的收穫。

養成寫生的習慣

「寫生」——通常是一種美術課的活動，老師會把大家帶到一個地方，也許是校園的一個角落，也許是公園，讓大家各自散開，自由取景，然後再畫下來。

所以，你需要先大致決定好一個角度，放好你的畫架，再開始構圖，然後要仔細的觀察，或者是在觀察的同時又隨時修改你的構圖，接著才是開始動筆實際的畫。

我覺得不管對畫圖有沒有興趣，寫生都是一項很棒的活動，趁著童年時期課業壓力還沒有那麼大的時候，比較有機會到戶外去走走的時候，不妨也多多進行寫生。

這不僅是一項美術活動，其實也是一項語文活動，更是一項心靈

活動。

　　因為，一篇好的文章是很需要細節的啊，訓練觀察力可以說是鍛鍊作文能力的一項基本功，只要懂得觀察，就不愁作文沒有素材，也不愁作文好像總是「寫不長（ㄔㄤˊ）」；太多太多的時候，我們都是因為對周圍的環境習以為常，然後就彷彿對一切事物都是那麼的視而不見。

　　更何況，世界原本就是一本美麗的書啊，只要我們有寫生的習慣，哪怕不是真正的支了畫架要在那裡作畫，但是只要能夠經常就像寫生一樣的對周遭的環境細細的觀察，靜靜的觀察，你就比較容易找到一些對生活的感動。

別太在意
大人的批評

有一次，在與一群小朋友交流的時候，有一個小女孩問我：「管阿姨，每次我高高興興的把寫好的作文拿給媽媽看，媽媽都說我寫得不好，有時候還會罵我偷懶、不認真，可是我真的已經很用心在寫了，我該怎麼辦？」

　　小女孩說得眼睛都開始溼潤起來，我真怕她會當場哭出來。

　　怎麼辦呢？我告訴這個小女孩，管阿姨在小的時候，也經常有這樣的經驗，興致勃勃做了一件事，可是拿給大人看的時候，卻立刻被當頭潑了一盆冷水，或者，明明覺得自己不是不努力，可是面對大人的指責卻總是百口莫辯。其實，或許很多小朋友都會有這樣的經驗吧！有時候想想，不是只有自己才會碰到這樣的事，感覺就會好那麼

一點點。

　　其次，小朋友要知道，很多大人只是表面上看起來是一個大人而已，但是在他（或她）的骨子裡往往還是一個小孩，而且還是一個任性的、只想到自己的小孩，所以，當他面對生活上的壓力難以應付的時候，很容易就會朝身邊的弱小動物（譬如小孩子）惡言相向、發洩怒氣。有些話，雖然他們說得很重，在說的時候感覺上那個口氣好像也是很認真，可實際上他不見得就真的是那個意思，或者他根本不知道自己到底是在說什麼。

　　總之，我們一方面盡量善意的去理解和體貼身邊的大人，但是另一方面當我們受到否定的時候，千萬別輕易就跟著否定自己，要把這

些批評看得淡一點。

　　無論如何，都不要對自己失去信心。有自信的人，才是真正身心健康的人。

寫日記

我從小學五年級開始就持續寫日記一直寫到大學二年級，幾乎沒有間斷過。不久前在一場講座中，有小朋友問我，是什麼動力讓我這樣一直寫日記呢？

我說，老實講，是挨罵。

在我小的時候，挨罵簡直是家常便飯，挨了罵之後，心裡往往都會很委屈，也不服氣，可是又不能怎麼辦。幸好在我五年級那一年，讀了一本書，叫作《安妮法蘭克的日記》，安妮法蘭克是二次世界大戰中一個不幸的猶太少女，為了逃避納粹的追捕，她和家人一起躲藏在一個工廠的頂樓長達兩年。她每天寫日記，並且把日記本取了一個可愛的名字，叫作凱蒂，每一篇日記都是以「親愛的凱蒂」為開頭，

等於是自己在跟自己對話。當我看了這本書以後，特別是看到書中有一句話——「紙比人更有耐性」，我大受啟發，也開始寫日記。

等我長大以後，回顧自己的成長過程，我覺得雖然在真實生活中缺乏一個可以對話的大人十分辛苦，但是幸好我有看書和寫日記的習慣，才讓我能夠隨時安慰自己、鼓勵自己、分析自己，終於能夠身心健康的長大。一本不用交給家長和老師看的日記，就是我自己的一個專屬空間。

如果實在沒有辦法天天寫日記，至少寫寫札記吧，只要能夠經常動筆寫寫對生活的觀察和體會就好。我覺得無論是寫日記或是寫札記，對我們最大的幫助，還並不是為了鍛鍊文筆、提高作文能力（雖

然在這方面確實也會有幫助），而是讓我們能夠養成思考的習慣，因為當我們在寫東西的時候，心總是比較沉靜的，在寫的過程中，也會自然而然的思考，然後慢慢的了解自己。「了解自己」可是一項很難的功課，甚至可以說是一輩子的功課。

胡思亂想

有一個詞叫作「神遊」，什麼意思呢？就是說有那麼一個地方，你很想去，但因為一些客觀條件的限制，比方說，你還小，還不能夠一個人出門，或者將來你雖然長大了，可是還沒有存好足夠的旅遊經費，所以暫時還去不了，但是藉著欣賞一些影視資料或是閱讀相關的書籍，想像一下自己好像真的到了那個地方，對那個地方也有了一定的了解，這就叫作「神遊」。還有一個詞叫作「臥遊」，也是類似的意思，就是說人在家中坐，可是透過想像，彷彿也去了很多地方。

　　又比如，有時你會突然冒出一些古怪的點子，就算明明知道不可能實現，可是光是這樣想一想還是覺得很有趣。

　　這些都是「想像」的妙用。

我們的身體雖然會受到限制，但「想像」能夠讓我們彷彿憑空生出一雙翅膀，帶我們去任何地方，做各種在真實生活中不可能去做的事。在想像的世界裡，沒有什麼不可能的事。

　　透過閱讀，想像著自己好像是跟著故事中的人物一起去經歷一些特別的事情，跟著劇中人同喜同悲，更是一大享受。

認清什麼是
世上唯一公平的事

有這麼一個小故事，說我們每個人都在同一家銀行裡開了戶，每天早上，這個戶頭就會出現一筆神祕的86400塊，這筆錢隨我們怎麼花都可以，但是有兩個條件：第一，每天最多只能花86400塊，不可能再多，不過花完了不要緊，等到新的一天到來，戶頭裡又會有86400塊；第二，如果一天過去沒有花完也不能存起來留到第二天或是以後再花，當一天結束，這筆錢沒有花掉就算是你自動放棄了。

　　這是一家什麼銀行呢？小朋友猜到了嗎？

　　就是時間銀行啊。

　　如果基於「時間就是金錢」，把每一秒當成是一塊錢，一分鐘有60秒，那就是60塊；一小時有60分，就是3600塊；一天有二十四個

小時，把3600乘上24，不就是86400了嗎？

　　每個人都希望凡事公平，也嚮往凡事公平，然而，其實世間一切的一切都是不公平的，唯一公平的恐怕就只有這麼一件事——每個人的一天都是只有二十四個小時。不管你是男生還是女生，長得漂亮還是抱歉，聰明還是愚笨，家境是富裕還是清貧……每個人的一天，都是只有二十四個小時，86400秒。

　　難怪有這麼一句話，「善用時間，就是延長壽命。」

　　是啊，時間是最珍貴、最有限的資源，總是那麼一去不回頭，過去了就是過去了，浪費了就是浪費了，一定要好好的珍惜啊。

學會認錯

我看過一本書，書名叫作《道歉的力量》。

這本書主要是在說，每個人都難免會犯錯，但是犯錯並不見得就是很大的過錯，比犯錯更大的過錯是死不認錯。死不認錯會帶來更大的傷害和憤怒，同時也顯示出犯錯的人完全沒有自我反省的能力。相反的，犯錯了之後，如果能夠真心認識到自己的錯誤，並且能夠真心悔過，這樣的道歉會具有驚人的撫平傷痛的力量。

我覺得這實在是太有道理啦。

傳統教育總是在教我們不可以犯錯，但是這實在是太不切實際了，有一句話，「人非聖賢，孰能無過」，意思是說，我們一般人又不是聖人，要求絕不犯錯，這怎麼可能呢？犯錯是難免的，有時候就

是要犯錯才有可能進步。所以才會有人說，「在哪裡跌倒，就從哪裡爬起」、「失敗為成功之母」。就好像你們打電動遊戲，碰到再難的關卡，當你在這一關死了N次以後，總會慢慢摸索出訣竅到底是在哪裡。

　　一定要學會反省，學會認錯。而且是要在小的時候就要學會。否則等你慢慢長大，你就會養成一種死不認錯的刁民思維模式了。

想想看將來你想成為
一個怎樣的大人

現在你還小，但是你很快就會長大，如果你現在是小學，頂多再過個十年左右，你就成年了，就會是一個大人了。

　　想像一下，你會是一個怎樣的大人呢？

　　再想像一下，你想成為一個怎樣的大人呢？

　　如果現在你覺得大人都是無聊的、凶巴巴的、一點也不體諒小孩的，那麼你一定要好好記住，將來就絕對不要也變成這樣的大人，等你長大，你一定要成為一個好玩的、不輕易發脾氣的、不過分嚴苛的大人。

　　你還可以想像一下，如果你的興趣就是你的工作，那該有多棒。許多能成就一番大事業的人，往往在一開始其實都只是基於單純的興

趣。有了興趣，自然就會產生努力的動力。所以才會有這麼一個說法，說「興趣是最好的老師」。

發現自己的興趣，珍惜自己的天賦，好好努力，不必羨慕別人，每個人都可以走出屬於自己的一條路。

親愛的小朋友，每個人都是一本故事書，希望你們能夠把自己這本故事書寫得精采、寫得有滋有味。

找到自己的座右銘

　　坦白說，有的時候我會滿羨慕那些有宗教信仰的朋友。只要是正派宗教都是勸人為善，有宗教信仰總是好事，更何況有宗教信仰的人，心態好像總是比較平和，遇到什麼傷心難過或是徬徨茫然的時刻，似乎也比較容易找到安慰，從而能夠在很短的時間之內就振作起來。

　　但是，我覺得宗教信仰並不是想要有就可以有，這也是要講機緣的。有很多人，本來並沒有宗教信仰，一旦移民到國外，就忽然變成一個虔誠的教徒，每周固定上教堂成了生活中一件極其重要的大事，

其實無非是把上教堂當成是一種社交活動，根本一開始就是衝著想要廣交朋友才去的；當然，這或許也無可厚非，人本來就是群居動物，沒有幾個人能夠在各方面都堅強到可以獨自生存，特別是對那些早就習慣於一定要呼朋引伴才能過日子的人來說，在國外的日子那麼無聊，藉著上教堂的名目，大家定期聚在一起熱鬧一下，也不是壞事，只是若因為這個緣故而上教堂，講得嚴重一點，我總覺得是對神的一種欺騙。我覺得尋求宗教信仰的目的應該純粹一點，如果不是百分之百的相信，還是算了吧。

　　這就是我長期以來的狀態；我相信冥冥之中有一位造物主，但是我不知道祂是誰，我也並不積極想要去確定祂是誰，信仰天主教的朋

友告訴我祂是上帝，信仰佛教的朋友告訴我祂是釋迦牟尼或是觀世音菩薩，我都接受，都不反對，所以這麼一來就很難有宗教信仰了。

不過，我想想，宗教信仰不就是要讓一個人的精神有寄託嗎？那麼，雖然我沒有宗教信仰，還是可以找到精神寄託，因為我還是有信念的。

比方說，我深信「天生我才必有用」，我相信「禍福相倚」，我也篤信一定要真心尊重孩子的個別差異，不要勉強孩子變成你想要的那種人……

忽然感覺到，難怪要有「座右銘」，「座右銘」不就是一種信念嗎？不管有沒有宗教信仰，每個人都需要有信念。

有一次，一家出版社要我在書中加進一篇短文，和小朋友談談「我的座右銘」（形同命題作文），我想了一想，決定寫「盡人事，聽天命」；時隔多年，如果現在要我在從滿坑滿谷的名人名言中挑選一句化作為我的座右銘，我想我還是會選擇這一句。我這才明白，儘管我並沒有刻意而為，但是這句話原來還真的一直是我的人生座右銘。

　　喜歡這句話，是因為這句話同時包含著積極與豁達，這都是我希望自己能夠擁有的一種人生態度。想想也難怪我向來不相信什麼人生規畫之說了，因為我其實一直滿「聽天命」的；我覺得天命難測，不可能由得了你一廂情願地去規畫，只要朝著符合自己志趣的大方向，

腳踏實地一步一步的前進，扎扎實實地盡力去做好手邊的每一件小事，等到年紀稍長，回頭一望，自然就會發現自己還是做了不少的事，還是在不知不覺之中有了一定的累積。

小朋友，不妨想想看，你的座右銘是什麼？

當然，座右銘也可能會隨著年齡而有些變化、有些調整，這其實都能反應出你當時的價值觀以及對生活的態度。

（p.s.這本小書是在一年多前所寫的，這一年多來我的生活有了很大的變化，那就是儘管還沒有正式受洗，但我覺得自己已經是一個基督徒，感覺真的很好！2013.11月）

小朋友，隨著你慢慢長大，你一定會聽到一種說法，那就是——「人在江湖，身不由己」，我懇切的希望你千萬不要相信這種鬼話！

　　這種說法是完全不負責任的，是似是而非的，人之所以是萬物之靈，就是因為我們不只是要求生存，還會有思想活動，簡單來說，我們做任何事都是有選擇的。

　　最起碼的一種選擇就是——我要不要選擇大多數人都信奉的價值觀？譬如當不少人都認為「有很多名牌衣服、有最新最炫的手機等等」才叫作「成功」的時候，我要不要也認同這種看法？

　　如果你也接受這種看法，就表示你選擇了也要認同這樣的觀念，那就不要再說什麼「人在江湖，身不由己」，好像自己是被迫似的；

如果你不認同這種「一切向錢看、一切都要緊追流行」的論調，那你就大可不必那麼在意這些，你會發現其實你的生活也不會受到多大的影響。

一定要相信唯有你自己才是自己的主宰。不管大環境如何，我們都還是有能力也有權力追求自己想要過的生活，並且活得精采。所以，無論是在如何糟糕的時代，就算大多數人都活得很卑微，也還是有人可以活得很高尚；到底是要卑微還是高尚，都是出於我們自由意志的選擇。

此外，所謂的「價值觀」，包含的層面很廣，在這裡管阿姨只希望大家能盡自己最大的力量處處都選擇「善」。

有一句話是這麼說的：

人為善，福雖未至，禍已遠離；

人為惡，惡雖未至，福已遠離。

是善是惡，有時只是一念之間，畢竟人性中本來就是善惡並存的。但是只要我們時時都選擇向善，不僅我們自身會不斷產生良性循環，同時也能造福我們周遭的人，使我們做一個對社會有用的人。

◎　　　◎　　　◎

還有呢？

親愛的小朋友，你覺得在童年時期還有哪些事是一定要做的呢？……

國家圖書館出版品預行編目資料

童年一定要做的N件事／管家琪文；曹俊彥圖 . -
--初版 . --台北市：幼獅，2013.12
面； 公分. --（故事館；015）

ISBN 978-957-574-938-5（平裝）

859.7   102023296

・故事館・015・

童年一定要做的N件事

作　　　者＝管家琪
繪　　　者＝曹俊彥
出 版 者＝幼獅文化事業股份有限公司
發 行 人＝李鍾桂
總 經 理＝王華金
總 編 輯＝劉淑華
主　　　編＝林泊瑜
編　　　輯＝周雅娣
美術編輯＝李祥銘
總 公 司＝10045台北市重慶南路1段66-1號3樓
電　　　話＝(02)2311-2832
傳　　　真＝(02)2311-5368
郵政劃撥＝00033368

門市
●松江展示中心：（10422）台北市松江路219號
　電話：(02)2502-5858轉734　傳真：(02)2503-6601
●苗栗育達店：（36143）苗栗縣造橋鄉談文村學府路168號（育達商業科技大學內）
　電話：(037)652-191　傳真：(037)652-251

印　　　刷＝嘉伸印刷股份有限公司　　　幼獅樂讀網
定　　　價＝260元　　　　　　　　　　http://www.youth.com.tw
港　　　幣＝87元　　　　　　　　　　 e-mail:customer@youth.com.tw
初　　　版＝2013.12
書　　　號＝984166

幼獅文化公司 ／讀者服務卡／

感謝您購買幼獅公司出版的好書！
為提升服務品質與出版更優質的圖書，敬請撥冗填寫後（免貼郵票）擲寄本公司，或傳真（傳真電話02-23115368），我們將參考您的意見、分享您的觀點，出版更多的好書。並不定期提供您相關書訊、活動、特惠專案等。謝謝！

基本資料

姓名：＿＿＿＿＿＿＿＿＿＿＿＿＿先生／□小姐

婚姻狀況：□已婚 □未婚　職業：□學生 □公教 □上班族 □家管 □其他

出生：民國＿＿＿＿＿年＿＿＿＿＿月＿＿＿＿＿日

電話：（公）＿＿＿＿＿（宅）＿＿＿＿＿（手機）＿＿＿＿＿

e-mail：＿＿＿＿＿

聯絡地址：＿＿＿＿＿

1.您所購買的書名：　**童年一定要做的N件事**

2.您通常以何種方式購書？：□1.書店買書　□2.網路購書　□3.傳真訂購　□4.郵局劃撥
　　　　　（可複選）　　□5.幼獅門市　□6.團體訂購　□7.其他

3.您是否曾買過幼獅其他出版品：□是，□1.圖書　□2.幼獅文藝　□3.幼獅少年
　　　　　　　　　　　　　　　□否

4.您從何處得知本書訊息：□1.師長介紹　□2.朋友介紹　□3.幼獅少年雜誌
　　　　　（可複選）　　□4.幼獅文藝雜誌　□5.報章雜誌書評介紹＿＿＿＿＿報
　　　　　　　　　　　□6.DM傳單、海報　□7.書店　□8.廣播(　　　　　　)
　　　　　　　　　　　□9.電子報、edm　□10.其他＿＿＿＿＿

5.您喜歡本書的原因：□1.作者　□2.書名　□3.內容　□4.封面設計　□5.其他

6.您不喜歡本書的原因：□1.作者　□2.書名　□3.內容　□4.封面設計　□5.其他

7.您希望得知的出版訊息：□1.青少年讀物　□2.兒童讀物　□3.親子叢書
　　　　　　　　　　　□4.教師充電系列　□5.其他

8.您覺得本書的價格：□1.偏高　□2.合理　□3.偏低

9.讀完本書後您覺得：□1.很有收穫　□2.有收穫　□3.收穫不多　□4.沒收穫

10.敬請推薦親友，共同加入我們的閱讀計畫，我們將適時寄送相關書訊，以豐富書香與心靈的空間：
(1)姓名＿＿＿＿＿e-mail＿＿＿＿＿電話＿＿＿＿＿
(2)姓名＿＿＿＿＿e-mail＿＿＿＿＿電話＿＿＿＿＿
(3)姓名＿＿＿＿＿e-mail＿＿＿＿＿電話＿＿＿＿＿

11.您對本書或本公司的建議：

10045　台北市重慶南路一段66-1號3樓

幼獅文化事業股份有限公司　　收

....

請沿虛線對折寄回

客服專線：02-23112832分機208　　傳真：02-23115368

e-mail：customer@youth.com.tw

幼獅樂讀網http：//www.youth.com.tw